SV

Volker Braun TUMULUS

Suhrkamp

Zweite Auflage 1999
© Suhrkamp Verlag Frankfurt am Main 1999
Alle Rechte vorbehalten, insbesondere das des
öffentlichen Vortrags sowie der Übertragung
durch Rundfunk und Fernsehen, auch einzelner Teile.
Kein Teil des Werkes darf in irgendeiner Form
(durch Fotografie, Mikrofilm oder andere Verfahren)
ohne schriftliche Genehmigung des Verlages reproduziert
oder unter Verwendung elektronischer Systeme
verarbeitet, vervielfältigt oder verbreitet werden.
Satz und Druck: Wagner GmbH, Nördlingen
Printed in Germany

I

TRAUMTEXT

Ich sitze zwischen fast leeren Stuhlreihen in einem Theater- oder Kinosaal, gewohnte Dunkelheit, auf der Leinwand läuft der Abspann, eine Folge von Losungen über den Köpfen einer Menschenmenge ANGEHALTEN VON EINER KATASTROPHE / EINER EINSICHT. Ich warte im Sessel haftend auf die Fortsetzung des Geschehens, das gerissen ist oder falsch eingelegt war (ich mache diese ironische Bemerkung zu meinem Nebenmann), während die Türen entriegelt werden und meine Nebenfrau sich erhebt und die Zuschauer von ihren Logenplätzen finster hinausdrängen, als hätten sie genug gesehn und keine Geduld mehr mit dem Vorführapparat. Ich versuche mich aufzurichten, um teilzuhaben an dem Spaß, ich habe ja nie den Film als solchen angeschaut, sondern die Wirkung, die er hervorrief, Verwirrung oder Empörung, genossen. Aber es gelingt nicht, das Bild der Menge, indem es verlöscht, bannt mich fest, die Glieder schwerelos, unempfindlich gegen die kalkige nasse Luft, die von der Leinwand her weht. Über die Stuhlreihen sind jetzt, wie bei den Proben, die langen grauen Bahnen gespannt, von Sand bedeckt ähneln sie Schützengräben. Es lehnen noch Gewehre an den Böschungen. Eine Platzanweiserin sucht mein Gesicht mit der Taschenlampe, und ich nehme zufrieden wahr, daß ich vielmehr sie erkenne, eine blonde schöne Person aus der Rungestraße, sie ist neunzehn Jahre. Handelt es sich um ein Verhör, das eine intime Verabredung ist, die ein Verhör ist, oder um meine Hinrichtung, MITGEGANGEN MITGEHANGEN, wie will ich beweisen, daß ich nur Zuschauer war. Die Zuschauer haben längst den Saal verlassen. Ich werde aufgefordert, von der rohen Jugend, mich auszukleiden, was ich umständlich beginne, während sie sich auf meinen Schoß setzt ihr junges Gesicht mir zugewandt und die nackten Arme auf meine Schultern legend. Sie gibt mir, ohne den Mund zu öffnen, zu verstehen, daß ich noch einen Wunsch frei habe. Meine spontane Antwort quittiert sie mit einem Lächeln, aber augenblicklich wird mir bewußt, daß ich den Ernst der Situation nicht erfaßt habe. Da vorn ist die Geschichte zuende, und hier in der siebzehnten Reihe gebe ich *irgendetwas* von mir. Das Gefühl, daß sich das Leben in Pornografie verwandelt, oder was ist das, wenn keine Kämpfe mehr stattfinden. Auf die Gefahr hin, unhöflich zu sein, frage ich mich, was eigentlich wünschenswert wäre. Die üblichen Wünsche, Nr. 1: daß es die Geschichte gar nicht gegeben hätte. Nr. 2: daß sie noch nicht begonnen hätte. Nr. 3 – die ausgefallenste Hoffnung –: daß die Geschichte weiterginge. Daß *die Bilder laufen lernten.* Denn jetzt würde sie mich, nach ihrem Ende, wirklich interessieren. Die junge Frau liest mir aber einen anderen Wunsch von den Lippen ab und bewegt sich ruhig auf meinen Knien, und das ist jetzt meine Verabredung oder meine Hinrichtung, in die ich einwillige, und zugleich empfinde ich Furcht vor dem Moment, in dem es (auch das) vorbei ist. Ich starre auf die Leinwand, sie ist ein heller Himmel, die Öffnung einer Grube. Ich werde jetzt alles von dieser Seite sehen, von jenseits sozusagen, denke ich mit ungewisser Freude: unten drunter und doch am Leben. Vielleicht wird die Geschichte rückwärts laufen. Vielleicht bleibt eine Lücke wie in meinem Bewußtsein. Vielleicht wird der Sand, der jetzt hereinstiebt unter irgendwelchen Schritten, mir die Sicht nehmen und den Mund schließen. Das ändert nichts an der Gier, mit der ich den Fortgang erwarte / fürchte. Dann höre ich aufatmend das Einsetzen der Schüsse des einsetzenden Films und wundere mich nach dem ersten Treffer über das Ausbleiben des Schmerzes. Nach dem zweiten oder dritten Treffer erwache ich, in der ungewohnten fantastischen Gewißheit eines neuen Tags.

II

Der Stoff zum Leben 4:
TUMULUS

Vergiß nicht, dies sind die Jahre
Wo es nicht gilt zu siegen, sondern
Die Niederlagen zu erfechten

Brecht

DAS NACHLEBEN

Ich sah noch munter in den Tag
Als Jastram mich im Sessel arretierte
Der Kopf hintüber, eingebunden
Das Haar. Dann troff der Gips kalt auf die Stirn
Und füllte schwer die Augenlider
Die nackten Lippen legten sich entspannt
Ins dicke Deckbett, einverstanden zuckend
Bis die angepappte Last das
Kinn herunterzog. Nur durch
Die Nasenlöcher fauchte
Das Leben noch geringe

Ich kam abhanden. Siedendheiß
Trocknete meine Totenmaske. Ich
Saß ganz stille
In der Welt, ein Schlucken unterdrückend
Da jemand an mich dachte (dachte ich)
Und konnte mich gewöhnen an den Zustand

Die lange Zeit nach mir. Ich sah
An einem Schatten, den ich warf
Daß ich nicht ganz verschwunden war
Sondern erinnert, von den Frauen
Oder Bäumen, denen ich diente
So daß wir noch umschlungen standen dort

Wie sich Schatten mischen. Also war ich
Gestorben in die Welt hinein
Die ich nicht kannte, denn die Zeitung
Nach der ich jetzt verlangte
War noch nicht eingetroffen, nur der Horror
Von heute BILD MACHT DUMM stand mir vor Augen
Die Bäume dürre Wipfel im Beton
Die Frauen ernst mit schamlosen Blicken
Und ein Schmerz in dem Skelett
Bis in die Arme ziehnd, beschrieb sie

Ein Schrecken hatte sie ergriffen
Daß sie verwandelt war und sah sich gleich:
Das war ganz deutlich, HIER BIST DU GEWESEN
Nichts fehlte, was ich einst gewußt
Meine Gedanken fest geworden
Der Stoff aus dem die Pläne sind
Die Zukunft aus der Hand, wie wir sie machten
Umgab mich herrlich / schrecklich, WIRKLICHKEIT.
Es war das Paradies Es war die Hölle

Ich fühlte jetzt die Nachwelt auf mich starren
Und lächelte gelassen VOLLER HOFFNUNG
Ins Finstre, ein Verrückter
Aus der Vorzeit, die die Hoffnung kannte
Insgeheim, ein Mona-Lisa-Lächeln
Im Louvre folternd meine Lippen
Und blieb bei alledem ganz unbeweglich

Indem ich in dem Gips gefangen saß
Lebensklein, und jedes Fältchen
Um den Mund bewahrend, welches wußte
DIE KATASTROPHE WAR VORHER, im Leben

Dann schlug mein Herz geschwinder in der Angst.
Und Jastram gab Signal am Schläfenbein
Daß er mich hole.
                    Ich konnt es erwarten.

Da hielt ich in der Hand die starre Maske.

DER TOTENHÜGEL

Cäsar sah fern vom Tumulus
Der Seeschlacht zu *Barbarenschiffe* Angstschweiß
Eines Großen der Geschichte macht *Es kam dann*
Auf die Tapferkeit an und Sichelstangen
Die die Rahen herunterrissen samt den Ledersegeln
BELLUM GALLICUM der gewohnte Golfkrieg
Vor den Augen des Landheers im Küstenkino
Und die Windstille
So entstehen Weltreiche / Ich sah sie fallen
Auf seinen Knochen stehnd dem Führerbunker
Grotewohlstraße im anderen Deutschland
Der überraschende Landwind in den Korridoren
Ein Lidschlag der Geschichte gegen die Verblendung
Taumelzaudernd DER TANZ AUF DER MAUER
Die Mauerspechte mit den kleinen Hämmern
Die Volksarmee sah zu das Heer der Arbeitslosen
Eine Minute in Meiner Zeit

PLINIUS GRÜSST TACITUS

Warum fuhr Plinius mitten in die Katastrophe
Als die Wolke aufstieg in der Gestalt einer Pinie
Weiß und schmutzig wie die Elemente, die sie emporriß
Als einem Mann mit wissenschaftlichem Interesse
Schien ihm die Sache wert, aus der Nähe betrachtet zu werden
Er rief nach seinen Sandalen und ließ Vierdecker
Zu Wasser bringen und hielt mit dem günstigen Wind
Auf den Vesuv zu *Dreck und glühender Bimsstein*
Warum blieb er nicht in sicherer Entfernung
An seinem Kartentisch in Misenum
Er kannte die *wahre Natur* der Erhebung
Harmlos begrünt bis hinauf zum Gipfel, die Bauern
Siedeln in der Asche ihre Hoffnung
Wenn das Gedächtnis abkühlt und kalkulieren kann
Wie du weißt, sind die Bodenpreise wieder gestiegen
Schreibt Plinius der Jüngere an Nepos
Weil der Prinzeps den Kandidaten auferlegt
Vor ihrer Wahl Grund und Boden zu kaufen
Eine Bleibe im Imperium Landhäuser am Vulkan
Die Risiken der politischen Aschenbahn, warum
Wollte er es genau wissen *Er eilte*
Dorthin, von wo andere flohen, gradewegs auf die Gefahr zu
Alle Gebilde des Unheils in die Feder diktierend
Während das Meer zurücktrat und Felsbrocken niedergingen
In seiner gesamten *Naturkunde* (37 Bände)

Hat er den Verfall vorausgesagt und das Weltende
Welches sich jetzt auf sein eigenes reduzierte
Ein Mann meines Alters mit unersättlicher Neugier *Er*
Ließ sich ins Bad tragen, speiste ruhig und legte sich nieder
In dem Grauen, mit vernehmlichen, wegen
Der Leibesfülle, Atemzügen
Warum blieb ich mitten in der Katastrophe
Meines Jahrhunderts *Die verratene Revolution*
Mit allen Verrätern, die es wissen wollten
Die Sache schien es mir wert usw. *Man stülpte sich Kissen*
Über den Kopf und verschnürte sie, das bot Schutz gegen den
  Steinschlag
Ich kannte die wahre Natur der Erhebung
Bepflanzt mit roten Fahnen bis zum Gipfel, dieArbeiter-
UndBauern schrappen im Schlamm der Verheißungen
Ich habe den Untergang (bändeweise) beschrieben
Nur hin und wieder ein Schluck kalten Wassers
Und es wird nur mein eigenes Ende sein
Während dessen ich bade und speise
Von der Schlacke einer anderen Katastrophe
The Triumph of the West, written by J. M. Roberts
Aus der Nähe betrachtet ein Naturereignis
Bis der Abraum vor der Türe liegt knüppeldick
Warum verharre ich nicht
In meiner sicheren Hoffnung an meinem Schreibtisch
Man mußte nur ab und zu die Asche
Abschütteln, um nicht begraben zu werden
Die Dampfwalzen der Entwicklung *atemberaubend*

Die ihm den Schlund schloß Die Asche von Auschwitz
Die dunkle Wolke in der Gestalt eines Pilzes
Aus dem Boden schießend, warum fahre ich fort mit der Übung
In der kalten Lava der Revolution
Im Nilschlamm der Zivilisation
In einem viertürigen Autowrack im Abgas Neapels

ABSCHIED VON KOCHBERG

Die Bauern tanzen
Um den Galgen
An dem die Partei hängt, das Gesinde l
Ustig Plakate im Frühling in Prag
ER IST GEKOMMEN. WIR AUCH. DEUTSCHE BANK
Das liebe Zimmer der Utopien
Entläßt den Gast in den Unsinn
ES GILT ALLE VERHÄLTNISSE stehenzulassen
IN DENEN DER MENSCH EIN GEKNECHTETES
Ich stand mit der Karre in Zeutsch
Ein Fuß auf der Bremse ein Fuß auf dem Gas
Die Äste krachten herunter und die Blätter
Wehten UND ELENDES WESEN IST

MATERIAL XV:
SCHREIBEN IM SCHREDDER

In einem Stall von 100 m Länge
Liegt der Mist bis an die Decke
MÜLLER MATERIAL MICKEL MAKULATUR
Eingeschweißt auf Paletten
Pfarrer Weskotts Aufgesammelte Werke
Aus dem Sturzacker des staatlichen Großhandels
Bei Espenhain das BROT FÜR DIE WELT
Die Nieselfelder der Hochkultur
Was für ein Umweg des Geistes
In die leeren Mägen, Wellfleisch aus Wellpappe
Wieviele Bände der GELEHRTENREPUBLIK
Reclam Leipzig, sind eine Mahlzeit
Man kann die Bücher auch anbrennen
Aber das hat keinen Nährwert
Und stört den Betrieb der Opernhäuser
WARUM SCHWEIGEN DIE DICHTER schämen sie sich
Ihrer Handschrift mit dem Stallgeruch
Des Staats, der in den Schredder kommt
ERRUNGENSCHAFTEN zum Schleuderpreis
Eine DEFA-Vision GESCHLOSSENE GESELLSCHAFT
Was für ein Umweg der Geschichte
Für ein Aufatmen, wieviele Staaten
Muß man einstampfen für einen Rest Atemluft
Die Literatur die auf der Straße liegt

Kann sie aufheben, aber wer liest sie
Das Feuilleton faselt auf Hiddensee
Über die MACHT DES FEUILLETONS
In das Schweigen des Meeres, ich schäme mich
Mit Schweinen gekämpft zu haben
Die ich für meine Gegner hielt, meine Genossen
Gegen die ich antrat ein treuer Verräter
In der schimmernden Rüstung der Worte
KEINE MACHT FÜR NIEMAND WIR SIND GLEICH
Getäuscht von ihrem heldenhaften Wühlen
In der Scheiße, die die Geschichte war
Und berauscht vom Mist, der die Macht war
In der Arbeitervorstadt SCHWEINEÖDE
Was für Kämpfe im Koben, und das Jauchzen
Nach Brüderlichkeit in der Jauche
Biermann klaren Augs mußte es ausbaden
In der Grube nebenan bis es ihm schmeckte
Berichteschreibende Schweine ER RESIDIERT
IN DER KANTINE DES BERLINER ENSEMBLES
UND LIESS SICH VON MIR EINE COLA BRINGEN
Grunzend an meinem Abendbrottisch
Glitschige Schweine in Amt und Würden
Was für Schlachten bis der Mist gedruckt war
Genehmigt, gebunden und ausgeliefert
An die Hungernden hungernd nach Wahrheit
Das Handgemenge um die Kopfarbeit
Der Unpersonen, die sie gepachtet hatten
T = TROTZKI im Panzerschrank von Suhrkamp

Die Kopfarbeit, ihm den Schädel zu spalten
AUSSAGE DER TOD DER IDEEN (QUELLE: IM Saint Just)
Oder GUEVARA und seine Kopfgeburt
Der neue Mensch verscharrt auf der Bühne
ES SCHEINT NICHT EMPFEHLENSWERT DEN AUFFASSUNGEN B.S
WEITERE MASSENWIRKSAMKEIT ZU VERSCHAFFEN
Man kann das Theater auch anbrennen usw.
Wer liest sie auf die Toten im Text
Verfault im Massengrab der Literatur
Wenn der Sohn keine Oden liest sondern Akten
Die Lektüretips aus der Gauck-Behörde
Pastors erbeutete Beichten HAMLET
OHNE GEHEIMNIS / SIE KÖNNEN DIE KLARNAMEN BEANTRAGEN
Und kein Gedanke mehr an den Hunger der Welt
Während ein Dritter von der Kanzel steigt
Und ein FREUDENFEUER fordert für den Bischof
Schorlemmer der wittenbergische Sprosser
Das Feuilleton röstet ihn auf kleiner Flamme
Kämpft im Müll der Medien, aus reinem Unglauben
Was für Mahlzeiten, Fastfood am Ku'damm
Wo bleibt die Resolution WIR PROTESTIEREN
GEGEN DIE EINBÜRGERUNG BIERMANNS
Unterschrift Unterschrift
Keine Milch mehr DEUTSCHLAND für die Kinder Kubas
Der neue Mensch noch kann nicht alt werden
Was für ein Umweg des Witzes
In die Wunde, wieviele Possen
Muß ich reißen für einen Moment des Erschreckens.

DAS MAGMA IN DER BRUST DES TUAREG

Mit dem deutschen Paß am Agadir Aerport
In der Wintersonne: ein Identitätstausch
Sklaven belauern mich, und Diebe
Streichen um meinen Fuß, wer bin ich
Ein Nomade im 4-Sterne-Hotel, Zimmer mit Meerblick
Ich kann mir die Jahreszeit aussuchen
FREIZEIT EINE EPIDEMIE noch in der Montur
Des Touristen ein Arbeitsloser lungernd
In den last-minute-Ländern LEBENSLÄNGLICH
Der Wegwerfmensch, nur COCA COLA braucht mich
Die Teetrinker Marrakeschs sind noch zu bekehren
Zu den globalen Göttern, und ich
Nicht mehr getrieben, den Ort zu finden und die Formel
Zugehörig allen unnützen Völkern.

6. 5. 1996

Ich verschlief den Morgen im Art-Hotel, es regnete
Bindfäden in die Elbe, kein Frühstück
Aber ein hungriger Blick auf die Wände
Penck, Sohn keiner Klasse, malt sich ein Museum
Jagdmotive für Höhlenbewohner WESTKUNST oder
DIE STRICHMÄNNCHEN DER PLANUNG, das Taxi
Steckte im Stau auf der ~~Dimitroff~~ der Augustusbrücke
Nichts ging mehr während meine Mutter starb
Ich ging zufuß umrundend eine Erdramme
Gerät das Antaios ein Bodenspekulant
Aus Libyen mit seinen Leiharbeitern
Die Stadt war aufgerissen wie nach dem Angriff
Barockschutt, man kann in den Fundamenten wandeln
Und den Irrtum suchen, in der Staatskanzlei
Ein stummes Getümmel, statische Künstler
Sie halten sich unter jeder Regierung
Adam Schreier Güttler Hoppe und Braun
GEHE NIE ZU DEINEM FÜRST
WENNDE NICH GERUFEN WIRST
König Kurt der Frühaufsteher
Versammelte die unausgeschlafene Akademie
Zu einem Morgenappell, meine Müdigkeit
Ist verwickelterer Herkunft, ich gähne
Aus mehr Epochen, mein Spott ist Spätlese
Aus der Hanglage meines Bewußtseins

25

Am Ort meiner fristlosen Entlassung
Wir druckten FRÖSI fröhlichsein und singen
Vier Farben Offset JA WENN DIE KINDER
IMMER KINDER BLIEBEN mein wacher Bruder
Bestätigte meine politische Unreife
Der zweite fuhr schwarz über die Grenze
Einer von fünfen, das verlangte der Realismus
Ich trug der Tochter eines Musikers den Koffer
Sie wollte Musik ohne Politik studieren
Hellwach nach der Liebesnacht zum Bahnhof
Im Land Hanns Eislers vergeblichen Streiters
Gegen die DUMMHEIT IN DER MUSIK
Auf dem Heimweg wurde ich ein Dichter in Deutschland
Zwischen Stoppelfeldern unter dem Sternhimmel
Eine Schlammspur unter den Füßen, jedenfalls Sand
Auf den Korridoren der Macht, meine Sanftmut ist hart
Erarbeitet in der Zementfabrik SOZIALISMUS die Frage
Die keine Antwort zuließ bzw. die Antwort
Die keine Fragen zuließ, in Moskau ist jetzt die Synode
Zusammengetreten und diskutiert die Frage:
KANN DIE APOKALYPSE IN EINEM LAND STATTFINDEN?
Der Witz ist auch dünne geworden, wie plattgemacht
Goldmann, mir schlafen die Füße ein
Auf dem Parkett, wir waren zu lange wach
Überwach vom Warten auf den Morgen
Bis uns dämmerte daß er vergangen war
Ich trank Sekt in der Sächsischen Akademie
Während meine Mutter starb, ich sah sie gestern

Leben in dem ausgemergelten Körper, der Schmerz
Krümmte sie in ihre letzte Gestalt, sie hatte
Einen Moment den Mut verloren und war müde geworden
Gelegenheit, sie RUHIGZUSTELLEN, sie lag
Den Kopf zurückgebogen und hob verwundert /
Empört den Arm, in dem die Kanüle steckte
Und griff sich ins Gesicht an die Sauerstoffsonde
Ohne uns wahrzunehmen / handeln zu können, heute
Finden wir sie abgestellt im Keller, gleich an
Der Tür, eine Binde um das Kinn, der Kopf
Mumienhaft klein, ein Fetzen Mull auf dem Auge
Ist liegengeblieben, die Wangen kalt
Ich habe noch dreißig Jahre zu leben
Ich sitze an einem Tisch mit meinem toten Vater
Es gibt Gräupchen, der Landser löffelt
Das Gewehr geschultert, sie schmecken salzig
Von den Tränen die heimlich über dem Herd
Hineingemischt werden, oder zwanzig
Wenn ich nicht müde werde künstlich ernährt
Von meinem Zeitalter OSTEN WESTEN
EINE VERMISCHUNG sagt Penck UNTEN OBEN
Die Schnellgeburten aus schwarzem und rotem Acryl
Nein eine Trennung DRIN UND DRAUSSEN
LEBEN UND TOD, wann wird der Dichter
Geboren, NACH JAHREN DER NIEDERLAGE
UND GROSSEM UNGLÜCK WENN DIE KNECHTE AUFATMEN
UND DIE BILDER ERWACHEN VOR DEM UNGEHEUREN
    ANBLICK.

NACH DEM MASSAKER DER ILLUSIONEN

Guevara unter der Rollbahn mit abgehackten
Händen, »der wühlt nicht weiter« wie
Wenn die Ideen begraben sind
Kommen die Knochen heraus
Ein Staatsbegräbnis AUS FURCHT VOR DER AUFERSTEHUNG
Das Haupt voll Blut und Wunden Marketing
GEHT EINMAL EUREN PHRASEN NACH
BIS ZU DEM PUNKT WO SIE VERKÖRPERT WERDEN
Waleri Chodemtschuk, zugeschüttet
Im Sarkophag des Reaktors, kann warten
Wie lange hält uns die Erde aus
Und was werden wir die Freiheit nennen

DIE BUCHT DER HINGESCHIEDENEN

Bewohnt vom Wetter und der Salzflut, ist die Bucht der Sammelplatz der Hingeschiedenen. Es spült sie an aus ihren gescheiterten Lebensläufen und Rinnsalen, von ihren zerborstenen Booten, deren Kiele aus dem Grund ragen. Seit Menschen gedenken liegen sie da zuhauf, *kleine Dünen knochenhellen Sandes,* und machen nur widerwillig tiefer sinkend den Neuankömmlingen Platz, die über sie geworfen werden. Sie sind eben nicht *begraben.* Sie warten, solange sie noch ihre Knochen oder Gedanken beisammen haben, übergesetzt zu werden auf die Inseln, welche nur die Glücklichen erreichen. Diese Sucht erfaßt uns alle sofort, wenn wir hier landen. Die Glücklichen sind die, die Recht behalten im Leben bzw. im Tod. Ich erlebte diesen Triumph: als wir Gescheiterten, lange nach unserem Untergang, emporgetragen wurden, *ins Recht gesetzt* von der Geschichte. Wie trunken, berauscht lagen wir in der unverhofften Flut. Die Strände bevölkert von den heiteren Millionen! Aber wo wir auftauchten, schlug uns bitterer Zorn entgegen. Feindselige Blicke, die uns Ungerufene abwiesen. Was hatten wir uns vorzuwerfen. Was war unser Verbrechen? Daß wir die Welt, die hinweggeschwemmt wurde, verändern wollten. Jetzt antwortete uns Hohngelächter. Wir waren die Verräter, die ihr Hoffnung gemacht hatten. Das war das Schicksal vieler Toter, indem die Geschichte, in der sie siegten, nicht mehr vorhanden war. Jetzt waren wir der Abschaum. Verrückte Welt: jetzt waren wir schuld, die sie bekämpft hatten, daß sie bestanden hatte. Wir lachten gluck-send in der Brühe. Aber die Rettung nahte, man baute uns eine Brücke zu den Inseln. Geht, sagte man (jeder kennt die Stimmen), geht uns mit eurer Hoffnung. Gesteht, daß ihr tot und verraten seid. Das waren wir ja. Wir atmeten gierig auf. Sie ist rot, sie ist blutig, schwört ihr ab. Begrabt diese Fahne. *Es wird nie anders werden.* Und ihr werdet zu den Glücklichen gehören, die von der Bühne gehn mit Applaus. Wir lauschten den Worten, die so leicht gesagt waren, und sahn zu den Inseln hinüber. Dort würden wir Ruhe finden. Wir könnten die Sache begraben. Wir hörten unser Lachen, und ein Gurgeln wälzte sich in der Bucht. Die Toten sahn herauf mit toten Augen und, natürlich längst, angehaltenem Atem. Ja, sagten wir, es war falsch. Und wir sind schon hinüber. Aber es war es nicht von Anfang an und nicht für immer. – Wie, ihr Unglücklichen, ihr wollt euch nicht retten lassen. – Nicht unter dieser Bedingung, nicht um diesen Preis. Das sagten wir und spürten, während wir noch lachten, wie wir tiefer sanken, auf den Grund zu den Verlorenen, nicht Entmutigten, und ich gebe es zur Kenntnis.

MATERIAL XVI: STRAFKOLONIE

… um in der Jahreszeit meines Denkens zu bleiben
Wole Soyinka

DAS KAPITAL GEWINNT SELBSTBEWUSSTSEIN lese ich beim
    Frühstück
In südlicher Sonne KRUPP SCHLUCKT THYSSEN
Man beabsichtigt eine UNFREUNDLICHE ÜBERNAHME
Es ist wieder erlaubt, sagt Lord Dahrendorf
Ohne Scham von Kapitalismus zu sprechen
Für den Rest des Lebens der Urschleim der Ausbeutung
Jetzt sind es 20 Grad in der Wüste Wir kannten nicht
Die Alternative SONNE ODER KARRIERE
Denn es gab Arbeit für alle Lagerfeld auch nicht
Der Modemacher auf seinem Hügel in Marrakesch
MEIN GANZES LEBEN HAB ICH DAMIT VERBRACHT
DER REALITÄT ZU ENTGEHN ICH BIN JA NICHT BLIND
ICH WEISS WAS VOR SICH GEHT ES IST GRAUENHAFT
ABER ICH SCHAUE NICHT HIN ICH GENIESSE DEN LUXUS
DER MITTELPUNKT MEINER WELT ZU SEIN DAS DENKEN
IST GENAU DAS WAS ICH VERMEIDE ICH WILL NICHT
MEIN OPFER SEIN UND DAS ANDERER LEUTE ICH BIN DAS
ERGEBNIS DESSEN WAS ICH BESCHLIESSE ZU SEIN
Sagt er von Depressionen gequält und Strichjungen
Die Bangladescher in leichter Kleidung
Ausgesetzt im deutschen Winter WIRTSCHAFTSFLÜCHTLINGE

Und kein Sektempfang in Königs Wusterhausen
Mit abgeschnittenen Zehen in der Zeitung
Der Aussatz wuchernd IM AUS DER VORSTÄDTE
Habe ich Ausbeutung gesagt Ausgrenzung heißt es
OHNE SCHAM vor der linken Kampfsemantik
Ich genieße den Luxus, der Mittelstreifen ... etc.
Nazifahnen am Berliner Ensemble NEUNZIG VERWEHT
Der ENTSPANNTE UMGANG mit der deutschen Geschichte
Goldstücker der Flüchtling aus Prag, als der Frühling
Überrollt wurde von den Panzerketten
Kehrt heim rehabilitiert vom Herbst
Nach zwanzig Jahren Badekur in Brighton
Als die Jahreszeiten aus der Mode kommen:
Jetzt hat er eine Eigentumswohnung im Exil
In Prag-Bárrandov, Stadtteil des Sozialismus
In den abgeblätterten Farben Tschechiens
Sein menschliches Antlitz ist die Fratze des Kapitalismus
NACH JEDER BEFREIUNG DER WEG DURCH DIE WÜSTE
Verhöhnt von den seßhaften Karrieristen
In der kalten Sonne der Demokratie
Ich sehe ihn über Kafkas Klartext brüten
Nach seiner dritten Verwandlung in einen Verbrecher
Die erste war ein Arbeitsunfall
ES IST EIN EIGENTÜMLICHER APPARAT
Liest Goldstücker Ich war sein Anhänger
Wir befinden uns irgendwo in der Wüste vor Wien
Ich habe ihn bedient Aber er stand zu weit oben
Bei der Säuberung und kam in die Räder

SCHULDIG lacht er JEDER IST ZWEIFELSFREI SCHULDIG
Aber er kannte das Urteil nicht
Er hatte die Strafkolonie nicht gelesen
WIR HABEN EIN SPIELZEUG FÜR SIE PROFESSOR
Sie zogen etwas wie eine riesige Brille hervor
Mit einem Gestell das über den Kopf gestülpt wurde
SIE WISSEN WAHRSCHEINLICH WO WIR SIE HINBRINGEN
ABER VORSCHRIFT IST VORSCHRIFT Von da an
War ich im Dunkeln und nahm die Welt wahr
Man schrieb das Jahr 51 und rief Slawa Stalino
Sie führten mich vor, und ich leierte meinen Part
Herunter, Slánský wußte, daß es das Ende war
Warum, Goldstücker, dieser Naturalismus
Der Philologe in TODBRINGENDER FUNKTION
WIR HATTEN UNS DARAN GEWÖHNT DIE WAHRHEIT
AUF UNSERER SEITE ZU FINDEN Die die Maschine
Auf die geduldige Haut schreibt
Nach der Begnadigung kaute er Reformbrot
Ein Landvermesser der im Schloß ein- und ausgeht
UM NICHT DIE KLUFT ZWISCHEN FÜHRUNG UND VOLK
    ZU VERTIEFEN
Ich versuchte diesen Hitzköpfen klarzumachen
Daß es verfrüht sei vom Frühling zu reden
Die Kafka-Konferenz seine Rache an Stalin
FÜR EINEN REALISMUS OHNE SCHEUKLAPPEN
Gysi Minister und amtlicher Mistkäfer
Entlarvte die Verwandlung Gregor Samsas
In einen westlichen Vertreter SIE WOLLEN GOETHES

FAUST DURCH EINEN SCHLIMMEN FINGER ERSETZEN
In Weimar der Klassikerstadt mit Krematorium
KKEINE SCHWALBE EINES NEUEN stotterte Kurella
FRÜHLINGS EINE FLEDERMAUS Während der Frühling
Überrollt wurde von den Panzerketten
Und Goldstücker wieder Verbrecher wird
Finstre Lektüre ES IST NICHT LEICHT DIE SCHRIFT
ZU LESEN DU ENTZIFFERST SIE MIT DEINEN WUNDEN
Vielleicht hilft die Kur des Exils im Badeort Brighton
Dubčeks Rede aus langen Pausen, Stockungen
Sein schwerer Atem, als er NORMALISIERUNG sagt
Unser sonderbares Jahrhundert, schreibt Mickel, 60
An Mayer, 90, das dem XVI. gleicht
Es hat Anfang und Ende einer groß
Gedachten Revolution gesehn Ich wohnte entwaffnet
Nach der Kampagne in Böhmen
Der Abführung meiner Ideen bei
Im voll besetzten Nationaltheater Als die
Geschichte noch Sinn machte Unsinn Jetzt
Sind es 30 Grad auf dem Wenzelsplatz
Goldstücker wird von der Wahrheit gerädert
In den Wunden ES IST KEINE SCHÖNSCHRIFT
FÜR SCHULKINDER SIE SOLL JA NICHT SOFORT TÖTEN
Nach der dritten Verwandlung in den Verbrecher
Der Geschichte machte In den Sieger
Der Geschichte die sich verflüchtigt hat
Er ist noch ein Anhänger dieses Apparats
Warum, Goldstücker DIE UNIFORM

IST DOCH FÜR DIE WÜSTE ZU SCHWER

GEWISS sagt er ABER SIE BEDEUTET DIE HEIMAT

Er wendet sich der Maschine zu

Und legt sich fachmännisch unter die Egge

Und setzt das Räderwerk in Bewegung

In der Wüste die die Geschichte ist

Um das Urteil an seinem Leib zu lesen

ICH GLAUBTE

         ABER DIE EGGE SCHREIBT NICHT

SIE STICHT NUR ZU UND HEBT DEN KÖRPER ZITTERND

DIE MASCHINE GEHT OFFENBAR IN TRÜMMER

ES IST WIE ES IM LEBEN GEWESEN IST

KEIN ZEICHEN DER ERLÖSUNG IST ZU ENTDECKEN

DURCH DIE STIRN GEHT DER EISERNE STACHEL

III

LAGERFELD

Rom: offene Stadt Ein Feldlager
Auf dem Laufsteg defiliert die Mode
Der Jahrtausendwende Panzerhemden
Für den Beischlaf Zwei Gladiatoren
Kämpfen um den Arbeitsplatz mit Würgegriffen
Eine alte Übung, die Beifall findet
Dafür haben sie die Schule besucht ER ODER ICH
Der Gestank der Angst In seinem Imperium
Erfüllt sich Lagerfeld einen Traum EIN RUDEL
FRAUEN AUSGESUCHTE SCHÖNHEITEN
Die Winterkollektion für die Daker-Kriege
Hat ihn reich gemacht ZUM ABGEWÖHNEN
Sie tragen meine Ideen, es sind Sommerkleider
In die verwöhnte Welt Ein Fest der Schönheit
Helena Christensen im Abendkleid Die beiden
Handwerker lassen indessen nicht locker
Der eine ist Commodus, der ausgelassene Sohn
Eines gelassenen Vaters und Fehltritt der Mutter
Wenn er verröchelt steht der Thron leer
Und Septimius Severus der Afrikaner
Marschiert mit der XIV. aus der Wildnis Wien
Auf die Hauptstadt ARMES ROM Ein Barbar
Imperator An seinen Fersen der Rest der Welt
Lagerfeld schaut nicht hin Er hat ein Problem
Er kann sie schöner machen, aber nicht besser

Immer noch schöner Das Outfit der Bestien
ARM UND REICH Eine geteilte Kundschaft
ES IST GRAUENHAFT Bezahlen und stehlen
Ich genieße das ungeteilte Interesse Aber
Er weiß was vor sich geht, er ist ja nicht blind
Der fünfzehnjährige Killer aus Springfield
EIN LEICHENBERG IN DER CAFETERIA DER HIGH SCHOOL
Er hat gelernt Hand anzulegen
Sitzt in Papierkleidern in Gewahrsam
Auch eine Mode Aus Amerika Kinderbanden
Durchkämmen Nordrhein-Westfalen Lehrlinge
Auf der Nahrungssuche bei Woolworth und Hertie
Ein fingerfertiger Völkerstamm aus der Zukunft
In den Arbeitsämtern wartet das Aas
Auf die Wiederverwendung Es kann lange warten
Wer Arbeit hat wartet die Automaten
Sie warten darauf, etwas warten zu dürfen
Legionen Während die Welt schwarz wird
Wie Afrika MAN DARF GEWALT NICHT NUR ANKÜNDIGEN
MAN MUSS SIE AUCH AUSÜBEN Das auswärtige Amt
Erklärt sich mit inwendigem Grinsen
Zu Bosnien Man wird euch zeigen was Arbeit ist
Eine Maschine mit Gliedmaßen geschlechtsneutral
Das Mannequin für die Arbeit von morgen
AM ENDE DES TAGES BIST DU EIN PRODUKT
Das Denken ist genau das was ich vermeide
Das tägliche bedruckte Papier
Der Gewahrsam gegen den Selbstmord der Gattung

Ich lese es nicht, ich schaue nicht hin
Ein Theater gefüllt mit Gleichmut
DER EINZIGE ORT WO ES WOHLTUT
VERZWEIFELN Der ausgelassene Kleist
In Stimmings Krug MEINE GANZE JAUCHZENDE SORGE
EINEN ABGRUND TIEF GENUG ZU FINDEN legt Hand an
Ein Doppelpunkt bei Potsdam Das Warten auf nichts
Das ist das Drama: es gibt keine Handlung
Wir wissen es anders und handeln nicht Nein
Wir können nicht anders Das Kleid
Ist angewachsen MAN ARBEITET HEUT ZU TAGE
ALLES IN MENSCHENFLEISCH Aber sie dauert
Sehen Sie Commodus, ein Tod von der Stange /
Lagerfeld oder Die Gelassenheit Er
Liebt nicht die Schönen, die er haben kann Sein Herz
Sucht die Schönheit überall Die Schönheit
Ist ein Sohn der Gosse Sie ist vorbestraft
Sehn Sie den Steckbrief, schwarze Haut
Ich genieße den Luxus, ausgestoßen zu sein
Ein Idiot im 3. Jahrtausend Ein Bürger der Welt
Helena Christensen verläßt den Laufsteg
Warum soll ich Mode werden
In der Wegwerfgesellschaft
Das Stadion voll letzter Schreie Ideen
Roms letzte Epoche des Unernsts
Sehn Sie nun das Finale ICH ODER ICH
Salute, Barbaren

ANMERKUNGEN

Entstanden 1988-1997

Das Nachleben
Jastram: Jo J., Bildhauer in Kneese, Mecklenburg. Der Vorfall ereignete
sich Ostern 1988. 2. Fassung, 1996.

Der Totenhügel
Der *Tumulus* de Tumiac, am Golf von Morbihan, Bretagne. Er beher-
bergt die Gebeine eines (vor ca. 5000 Jahren) Hochgestellten. *Der
überraschende Landwind:* aus dem Gedicht *Die Wende,* 1988.

Plinius grüßt Tacitus
Plinius: P. der Jüngere berichtet Tacitus vom Tod seines Onkels *Plinius,*
des Älteren, beim Vesuvausbruch 79, in seinen *Episteln.*

Abschied von Kochberg
Im September 1990. Der Galgen mit der aufgehängten SED stand auf
dem Tanzboden des Gasthofs Zum Goldenen Löwen.

Schreiben im Schredder
Für Pfarrer Martin Weskott, der nach dem Umbruch 1990 den nütz-
lichen Spleen hatte, die Bücher, die vor den Toren Leipzigs auf Halde
lagen, mit Lkws in die Ställe Katlenburgs zu holen.

Das Magma in der Brust des Tuareg
Getrieben, den Ort zu finden und die Formel: ist Rimbaud in *Vaga-
bonds* (etwa 1873).

6.5.1996
König Kurt: K. Biedenkopf, Ministerpräsident von Sachsen. *Ja, wenn die Kinder immer Kinder blieben,* dann / Könnte man ihnen immer Märchen erzählen, sagt Brecht in *Die Jugend im Dritten Reich* (1937). *Wann wird der Dichter geboren:* folgt Diderot, *Von der dramatischen Dichtkunst,* 1758.

Nach dem Massaker der Illusionen
Geht einmal euren Phrasen nach: ruft der Deputierte Mercier seinen Mitgefangenen zu, und Danton antwortet: »Man arbeitet heut zu Tage Alles in Menschenfleisch. [...] Mein Leib wird jetzt auch verbraucht«, in Büchners *Dantons Tod,* III.

Die Bucht der Hingeschiedenen
Nach einer bretonischen Sage über die Baie des Trépassés. Für Hans Mayer.

Strafkolonie
Auf seinem Hügel in Marrakesch sitzt aber Saint Laurent. *Goldstücker:* Eduard G., tschechoslowakischer Intellektueller. Kafkas Text *In der Strafkolonie* entstand 1914; er rechtfertigte sich gegenüber seinem Verleger: »Zur Erklärung dieser letzten Erzählung füge ich nur hinzu, daß nicht nur sie peinlich ist, daß vielmehr unsere allgemeine und meine besondere Zeit gleichfalls sehr peinlich war und ist und meine besondere sogar noch länger peinlich als die allgemeine.«

INHALT